古賀博文詩集

封じられた記憶

封じられた記憶

古賀博文詩集

目次

砂嘴線

引き潮とともに姿をあらわす陸地　巨大な砂嘴《さし》
幅は広いところで約一キロ、狭いところで一〇〇メートル
奥行きは不明
この世の果てまでつづいていると言う者もいる
湿気をふくんだ砂地は花崗岩や貝殻、珊瑚、漂流物などが
細かく摺《す》りつぶされたもの

ザワーン　ザワヮーン　ザワーン　ザワヮーン……
月の引力に手繰りよせられてみるみる遠ざかる海
砂嘴の全身が海中からあらわれる　海原から
絶対的存在感とともに出現する一筋の大地
けっして不毛ではない
草木もあり、建物もあり、生命が息づいている証拠に溢れている

一条の軌道が布設されている　狭軌の単線鉄道
いつ布設されたのか
客は片手をあげて運命のように乗車する
レールは赤錆びているが列車の運行にはまだ耐えうる
干潮時の隙間を見はからって
一両編成の列車がこの世の果てをめざしていく

ときおりレールにからまっている漂着物
黒子のような姿をした乗務員が列車を止め、下車し
テコの原理の器具を使って漂着物を除去する
除去できない場合は列車の先頭に取りつけた鋼鉄ブレードで
漂着物を斜めに押しだし

除去しながらゆっくりと匍匐《ほふく》前進してゆく

路線には幾つかの駅が設けられている
いぜん訪れたことがあるような至極懐かしい
行きそびれてしまったような一抹の寂しさが漂う駅名ばかり
ある駅に着くと姿は見えぬが
たしかに複数の降客と乗客が入れ替わる
彼らはみなこの砂嘴で生活している民

列車がA駅につく
小さなプラットホームと駅名を記した標識だけが
ぽつんと一組ずつ立っている
列車の扉が左右に開く

幾人かの乗降者があり、それを確認する車掌の翳《かげ》
旅程はつづく　発車オーライ！

稲代　いなしろ

水稲ではなく陸稲
苗代もいらぬ　田植えもいらぬ　畑にじかに種を蒔くだけ
貝塚から出土する土器に付着している大半がこれだ
水稲にくらべて味は落ちるがホシイイには十分
先祖代々のホシイイづくり
漁に出る民から保存食として重宝がられてきた

鯨塚　いさなづか

流れ着いた鯨の肋骨を家の柱にして

壁面を鯨皮で覆い、鯨髭《げいし》で屋根をふいた住居
その住居にシロアリのような住民たちが無数うごめいていて
砂地に深く染みこんだ鯨油を採取し
それを燃料にぼんやり雪洞《ぼんぼり》を灯らせている
毎夜、通い婚の女王を護衛する兵隊アリの列が砂嘴に伸びる

捨湖底　すてみぞ

いたるところに地下水が湧く場所
干潮時、その地下水が水溜りをつくり、湖を形成する
しかし潮が満ちればその湖はことごとく海中に没する
真水と海水が混じりあう汽水域
洗面器大のおおきなシジミが
湖底から入水管・出水管を無数に突き立てて呼吸している

貝砦　ばいさい

フジツボの形をした建物群が密集している
いや、あれは建物ではなくまさしく巨大なフジツボ礁だ
干潮時にはかたくなに入口蓋を閉じ
潮が満ちれば開蓋《かいがい》し、ヒラヒラと海中に繊毛を漂わす
その繊毛にまとわりつく微塵な寄生者がいる　今の時刻
彼らはまだフジツボの堅い子宮の内で眠っている

竜宮寺　りゅうぐうじ

浦島太郎の木乃伊《ミイラ》が祀ってある
浦島太郎は例の盛大な謝恩会の後
玉手箱を携えて現世へ帰ってきたのではなく

竜宮で一生を終え、その後、海族によって亡骸が現世へ返された
ここは太郎の亡骸を祀るために建立された寺
命日には、縁日として海からの参拝者が絶えない

人魚町 にんぎょちょう

町一番の稼ぎ頭といわれた漁師が忽然と姿を消した
その日から港町の水揚げは激減　商売あがったり
ある日、リヤカーに箱いっぱいの魚を積んだ行商人がきた
胸まである胴付ゴム長靴を履いた男
手拭いで頬かむり　オットセイのような無精髭《ひげ》
両腕には七色に光る鱗がびっしり生えていた

三日月湊　みかづきみなと

火山島の最後の大噴火、その結果、出現したカルデラ島
陸から発芽した砂嘴はカルデラ島を目指して伸びていった
それが第一形成期
カルデラ島の一角が水没して三日月湾を形成　良港である
港湾から出ていく舟を見守る形でさらに砂嘴は沖へ沖へと伸びた
それが第二形成期

*

列車は離合場所に停車した
はたして離合すべき車輌はいつ対面から訪れるのか
〈この世の果て〉からやって来るからには

きっと異形の顔、異形の肢体、異形の衣装、異形の語彙などを携えた者か
いやさかに懐かしく温かさを実感させる者か
姿は見えないが、この車輌には私以外に数人の乗客が確かにいる

まだ離合すべき車輌は来ない
いや、つい私がうたた寝をしていた隙に
離合すべき車輌は静かに通過して行ったという同乗者たちの声なき声
ではなぜこの車輌は走り出さないのか
さらに対面からもう一輌やって来るというのか
それとももう運行は終わり？　ここが私たちの終着点？

ゴトンッ！　突然ふたたび走り出した車輌
ほぼ半日、車輌は離合場所に停車していた

ふたたび動きだしたということは今しばらく私の薄命も
命拾いしたということか　もう日暮れだ
暮れなずむ先に私が降車する駅があるのか
その地に一夜の宿があるというのか

庵陣　あんじん

かつてここに砂嘴を守る門番がいた
ここから先へ行こうとする者を検閲する役人がいた
全身を鎧のような硬い鮫《さめ》肌で覆いつくし
必要に応じて触手から墨汁や毒牙、吸盤、針剣《しんけん》、皮鞭《ひべん》を出し
通行人を眼光鋭く威嚇した
その場所を今は一匹の老獪な大蛸が占拠している

たらちね

忘れがたい母である
母はすべての生命の源泉　死してもなお
我々の道行きを見守りつづけている　残り湯のような隠れ里
泣いた日　飢えた日　徘徊の日　剃髪した日　自刃を拝す日
母はつねに私たちの傍らに立って、私たちの愚痴を受けながす
そしていつも遥かな剣ヶ峰を指さすのだ　あっぢと

黄泉山《よもやま》

ここは砂嘴でいちばん海抜が高いところ
海底から隆起した岩山がある　その岩山の中腹から
泉が湧き出ていて黄泉《よみ》に通じていると言う
泉は川を形成する　彼岸であぶれた人鬼や鳥獣、魚類などが

時々泉から噴きでてくる　高波にさらわれて行方不明になっていた
母親を十年ぶりに拾いあげた者がいるそうな　稚児返りした母を

星子　ほしご

ヒトデなどの海洋生物の死骸を〈星の砂〉と有り難がるおめでたさ
夫の出漁時、かさねて義父母の不在時をねらって
子供らの手を引き、家財一式を荷車に積んで出戻った鬼嫁
うち捨てられた一家　一家は女の仕打ちをけっして許さぬ
特に孫から引き離された姑の落胆と嘆きを思い知るがいい
末代まで恨んでやる

碧壁　あをかべ（へきへき）

突風がこの壁にぶつかって

漁網にかかった魚群のように身を懸命にヒラヒラとひるがえし
次々に壁の向こう側へすり抜けていく
風は死者の魂の息吹　あぁ、辟易する
きっと壁の向こう側には底なしの彼岸が横たわっている
壁の向こうに命終《みょうじゅう》のセカンド・ステージがあるはず

虚空住　こくうじゅう

そこは仙崖なのか、北辰なのか、トワ（永遠）なのか
どのような場所でも住める場所があるうちはまだ救われる
草庵に表札を掲げて「我ここにあり」と言える幸せ
だが、ここは仮の住処《すみか》　仰天に瞬く北斗星よ
複数の者たちが畳を横一列にわけあって臥《が》す仮寓
いや、複数の者が累々と縦に重畳する寓居

＊

ここから先もうレールはない　ゴトゴトゴトゴトと
鉄輪がレールを執拗に暴く音も響かない
しかし列車は無声映画のように粛々と走りつづけている
ひたはしる列車ははたして陸地を走っているのか
宵闇の宙空を走っているのか判然としない
海は満ちたのか　干潮のままなのか　砂嘴は水没したのか　否か

この車輌に乗っていた同乗者たちもどうやら全員
どこかで降車した模様だ
私だけどこまで揺られていくのやら　もしかして振りだしへ戻る？

そんなことを漠然と思案していると
私の身体はしだいに希薄に透きとおり　いつの間にか
座標点のような《思考するだけの存在》になっているのだった

封じられた記憶

遅い夏の日の午後　色褪せた陽光が心地よい
私は松の木陰に置かれたデッキチェアに横になり
知らぬ間に眠り込んでしまっていた
今朝から執拗に眠気が襲ってきた
仕事の区切りがついてやっと取れた夏期休暇
すでに四日が経っていた

頭を、頬を、肩を、つま先を、全身を
海風、凪風《なぎ》、陸風が優しく撫でていく
海鳥たちの急《せ》いた鳴き声がすぐ近くに聞こえる
霧笛を鳴らして沖合いをフェリーが航行していく
私は目をつぶったまま
いぜんとして横になったまま

ここに私が来たのはたしか午後一時頃だ
とすると、あの帰巣する海鳥たちの鳴き声は夕刻のもの
定時に出航するフェリーの汽笛などは
もっと後の時間のはず
おかしい！
私は自分の意識と外界の様相のずれに初めて気づいた

*

上体を起こし、私は自分の眼を疑った
どこまでも仄暗い視界
そこには海水がはるか遠方へ引きさがり

岩礁、難破船、テトラポッド
しなびた海藻類、萎えた魚貝類など
海底の内容物を露呈させた風景が延々とひろがっている

暗幕を垂らしたような遠景
そこに血糊の色をした　どす黒い
日数《ひにち》がたった黄卵のような太陽が
貧血気味の茜雲とともに
いままさに地平線へ没しようとしているところだった
はじめて見る不吉の象徴のような夕暮の光景

なんと私は空中に浮いていた
正確にはデッキチェアに乗って宙に浮かんでいた

そのことに気づくまで半時間ほどかかった
それほどこの夕暮の光景は圧倒的、呆然的だ
キーンと激しい耳鳴りがした
気圧が極端に偏っているのだろう

恐らく重力もそう 偏っている
だから太陽も没する速度がきわめて遅い　まだ日没しない
松原も砂浜も　桟橋も船着き場も
ベンチもバンガローも海の家も見当たらず
見慣れた風景は皆無
海鳥たちやフェリーの船影もすべて記憶の残渣

なんと、風が見える！

吹き流しのような形状をした風が一群をなして
七色に発光し　オーロラのごとく
空中をひらひら舞うように泳いでいく
こんな風があるだろうか？
しかし、それはまさしく風

この風に訊いてみよう
私が午睡している間にいったいなにがあったのか？
ひらひらと舞うように泳ぐ風たち
吹き流しの大群のような風の群
どこか愛嬌味をただよわせた風の姿を見て
すこし警戒心が薄らいだ

私はデッキチェアを離れて空間へ一歩踏みだした
ビリッ！
背後で油紙を破るようないやな音がした
暗示的かつ直感的な鈍い音
心臓が止まるような嫌な音
背中にドッと冷汗が、いや血が噴き出るのがわかった

デッキチェアから手を放す　完全に離れた　宙だ　足場はない
しかし奈落へ転落することもなく
私は単独で空中に浮いていた！
今までいたデッキチェアを振り返った
そこにあったのはデッキチェアに横たわり目をつぶったままの
私の全身　まさしく私自身　私の屍！

そのデッキチェアと私の遺骸は木乃伊《ミイラ》化し
さらに風化するように
みるみる白化し、珪素化し、炭素化し
固形から顆粒状へ、さらに砂塵状へ変貌していき
遥か地上へサラサラ、パラパラ、ヒラヒラ…と落下していった
この地で落下していくものもやはりあるのだ

＊

私は死んだのか?
そういえば昨夜、就寝前から頭が激しく痛かった
居酒屋でチンピラ風の男と言い諍いになり、押し倒され

後頭部を壁に強く打ちつけたのだ
出血もなく「そのうち（頭痛は）治まるだろう」と放置した
頭痛はおさまったが、今朝から異常に眠気が続いていた

はからずもこんな異界へ紛れこんだ自分が
いままで通り生き延びうるとはとても思われなかった
こうして意識だけでも確かなことに
感謝したい気持ちさえした
気を取りなおした私は
ふらふらと風の群のあとを追いかけた
私の身体はすきとおって透明だった
透明なのだが意識を囲う表皮はあった

知覚を末梢までめぐらせると
丸い頭　短い両腕　足はない　その代わり
チョロチョロと宙を掻く大きな尻尾が胴体に生えていた
まるでオタマジャクシのような形状で空を泳ぐ私の身体

風の群の最後尾に追いついた
最後尾の風の肩を軽く叩いた
私は問いかけた
「なにがあったのですか？　ここはどこなのでしょう？」
一瞬、風はふりむき、丸い目をさらに瞠目し
驚いた表情で一目散に群全体で逃げだした

空間の襞らしき部分に頭をつっこむと

風は全身を上下左右にバタバタ震わせて
壁の向こう側へ先を競うように消えていった
あとには風を追ってここまできた
自分だけが一人ポツンと取り残された
風の真似をして壁にむかって試みてみたが駄目だった

その時、眼下に鋭く光るものが複数あった
あれは腹を空かせてさまよう狼の群だ
狼たちは獲物として私を追って来たものと思われた
私が動けばあとを追うように複数の眼光も束になって移動する
私は身の危険を感じて精いっぱい高く飛んだ
すでに遊泳飛行を会得した自分がいた

＊

無我夢中で空中を泳いできた
疲れて、難破船のマストのようなものを見つけてとまった
すっかり日は暮れている　ここはいったい何なのだろう？
薄暗い視野に眼をこらす
廃園のような場所　住居跡　花壇跡　噴水跡　神殿跡　運河跡…
見渡す限りそのような風景が広がっている　かつての街のようだ

突然、空中に光が炸裂した
花火だ！
極彩色の花火が付近一帯から無数に
次々と狂ったように打ち上げられ始めた

打ち上げ場所は特定できない
常識では考えられない位置から不意に打ち上げられる

ここの花火の特徴は無音であること
火薬玉がヒュルヒュルと空気を切って上昇する音
火薬玉が爆発する音
その音響がない
さらに空中での持続時間がおそろしく長い
したがって宙空は花火だらけ

嘔吐しそう
そんな花火を見上げているうちに
私は気分が悪くなってきた

原色の氾濫に酔ってしまったのだ
マストにとまりながら
下を向いてじっと嘔吐感をこらえた

ふと、ここまでの急転直下の出来事を思い返して
涙が頬をつたった
これから私はどのようにして生きていくのだろう？
オタマジャクシのような透明で脆弱な肢体
狼たちに命をつけ狙われる日々
取るに足りない私が果たしていつまで生き延びきれるのか？

重層した雲がパックリと割れて月が姿を現した
満月に少し足りない月

その月があたりを煌々と照らしだす
月光を合図にあの無音の花火の狂宴も終了した
月は、私がこれまで見てきたものと同一だった
そんな月を見て、懐かしさに私はまた泣いた

＊

時折、塩の結晶が砂のように
ザザーッ、ザザーッ、ザザーッと
上部から低位置へ流れ落ちていく
よく見ると当地には塩が自然流下するほど
風化、乾燥した部分と
露出したケロイド症状の湿気を帯びた部分がある

私の脳裏にある決定的な確信が甦った
あぁ、これは私のなかで
今日までずっと〈封じられた記憶〉だったもの
間違いない　見覚えがある
かつて私は来たことがある
この地に！

遥か以前　私はこの地で日々を過ごしていた
そして、この地に潮満ちた時
周囲の〈存在〉達とともに
私は陽の当たる場所へ一挙に押しだされていったのだった
それがいつだったか思い出せないがその時は必ずくる

百年後か、千年後か、一万年後か

戻ってきたのだ　ふたたびこの地に！
私はこれから当地で気が遠くなるほどながい
ながい静寂で孤独な待ち合わせをしなければならない
押しだされる日まで風の群を追い、狼の群に追われ、塩の流砂を傍観し
ケロイド症状に湿り、原色の花火に酔い痴れ
月の満ち欠けに慰められながら生きていく

偶然とまったはずの
難破船のマストだったたが
じつは運命的な場所
前回も私はここをねぐらの拠点にしていた記憶が甦る

前世、前々世、前々々世、前々々々世から
私に与えられている定位置

マストから延びる白い菌糸のようなものが
執拗に私の尻尾に絡みつく
それは運命の糸ならぬ
私とこの地をつなぎとめ、結びつけるもの　私はその菌糸にからめとられる
この場所で途方もない
難破の日々がふたたびふたたび積み重なっていく

火の鳥島

0

海面からいっきに急勾配でそびえたつ稜線
陸地は陸地でも誕生して間もない火山島
焼けただれた灰、砂、礫、岩、巌が
いちめん、荒涼とした一帯をおおい尽くしている

いまだ植物らしきものは何ひとつ生えていない
島全体に立ちこめる亜硫酸性ガスの饐臭《いしゅう》が鼻をつき
いまだこの地が生命を受け入れぬ
過酷極まりない土壌であることを物語っている

海岸線に激しくうちつける波濤が

火山島の輪郭を容赦なく削りとっていく
時折、ドドドドーッと絶壁が崩落し　海中へ没し
津波のような巨大な波飛沫が立つ

雲ひとつない月夜
下弦の月が天上から火山島をあまねく照らしている
月に照らしだされた
コニーデ型のシルエットが美しい

1

ザワザワザワ・ザワザワ…　さかんにさざ波が立つ
沖合いから何かの大群がこの島めがけてやってくる

時々海面から顔をつきだして
遠泳のための深い息つぎをする

海鳥の大群だ
ペンギンのように両翼は退化している
かわりに両翼は水を漕ぐオールとして進化している
体長は二～三メートルほど　美しい流線形の鋭角

そんなペンギンに似た海鳥の群が
波状的に第一群、第二群、第三群、第四群…と
この無人島めがけて押し寄せてくる
まるでなにものかに統率されているかのように

波打ち際にたたきつける波　その波に乗って
波が陸地へぶつかり飛び散る瞬間、ピョーンと一気に
約十メートルの落差を克服し
次々に上陸をはたす海鳥たち

なかにはタイミングが悪くて
岸壁に思いっきり叩きつけられるものもいる
グェ!グェ!　　グェ!　グェ!　　グェ!　　グェ!　　　　グェ!グェ!
そんな海鳥たちの悲鳴が海岸線のあちこちから聞こえる

しかし海鳥たちはひるまない
けなげに幾度も海中で態勢を立て直し
まなじりを決して

ふたたび果敢に上陸を試みる

無事上陸を果たした海鳥たちは
とある一ケ所へ集合する
埠頭のような場所だ
その一ケ所から急勾配の斜面を登りはじめる

2

胴長の体軀に二本の短足　これは逞《たくま》しい
左右の足には四本の指　これも逞しい
鋭いかぎ爪で
崩落しやすい斜面の砂礫を確実につかむ

オール状の両翼と可愛い尾翼を
前後、左右に懸命に振り振り、振り振り、振り振り
身体を　左に右に　左へ右へ　ゆらゆら　揺すり
一歩一歩慎重に標高をのぼっていく

そんな海鳥たちの隊列が海岸線から中腹へ
中腹から山頂へと一列に
山麓を周回して螺旋状に
次第次第にながく高くのびていく

グェーッ　突然、するどい悲鳴があがる
急斜面に足を滑らせ

礫岩につまずいた仲間がいる
バランスを崩して転落しそうになっている

振りむいた上の鳥がその仲間の翼を咄嗟にくわえ
下の鳥が仲間の胴体を頭で支える
隊列は崩れない　そのぶん
時間はかかるが落伍者は皆無だ

山頂にたどり着いた海鳥たちは
順々に火口の周囲を取りかこんでいく
ついに楕円形の火口はグル～リと
数万羽の海鳥たちによってびっしりと包囲された

眼下には赤いマグマ溜まりが見える
煮えたぎったその温度はおそらく千度以上
亜硫酸性ガスに噎《む》せながら
海鳥たちが火口をじっと見おろしている

3

マグマの坩堝《るつぼ》から火の粉がさかんに立ちのぼっている
空中に浮遊する微塵な可燃物にマグマが食らいつくのだ
海鳥たちが一斉に「ガーッ、ガガーッ、ガーッ、ガガーッ…」と
うるさく喚《わめ》きはじめた

その喚声に呼応するように

マグマ溜まりの大鍋がふつふつと沸騰しはじめる
グッグッグッグッ…　臓器の蠕動運動のように波うちはじめる
あっ、その中に何かいる！

赤く焼けただれたマグマのなかにいるもの
それを認めた海鳥たちの鳴き声はもはや尋常ではない
そのマグマの中にいるものへ
必死の形相で呼びかけている

マグマ溜まりの海抜がすこし上昇する
海鳥たちの顔面をさらにあつく熱く照らす
海鳥たちの羽が膨大な熱量のためにちぢれだす
それでも海鳥たちはその場所で微動だにしない

マグマの中にいるものが顔をのぞかせた
二本の角　長い触覚　裂けた口には鋭い牙がのぞく
全身を厚くおおう鱗　芭蕉のような尻尾
龍！　火炎龍だ！　体長百メートルはあろうか！

ガーッ、ガガーッ、ガーッ、ガガーッ、ガーッ…
海鳥たちが声を合わせて再び　なにやら一丸となって
地声の限り火炎龍へ呼びかけている
また少しマグマ溜まりの海抜が上昇した　とにかく熱い！

しかし火炎龍はすずしい表情　火炎龍にとってマグマは羊水なのだ
ドロドロのマグマの中で腹部を上にして泳いだり

尻尾でマグマをバシャバシャと叩いたり
ピューッと口からマグマを吹き上げたりしている　幼い表情
そしてついにザザザザザザーッ、ザザザザザザーッ
真っ赤に火照った体色をした
火炎龍の幼龍が全身からマグマの滴をしたたらせながら
勢いよく火口から飛び出した！　産まれたのだ！

4

ぉぉ、ぉぉお、おお、いまこそ海鳥たちの歓喜は頂点に達した！
龍の飛翔とともに空を見あげる海鳥たち
マグマの飛沫が彼らの羽毛を容赦なく焼き焦がす

蛋白質が焼ける臭気が辺りに立ちこめる

しかし海鳥たちはあいかわらずその場から動かない
巣立ちした火炎龍は火山島の上空
海鳥たちが見上げる天を三回、四回、五回と旋回してやがて
月光が支配する虚空へ飛び去っていった

いまだ海鳥たちは取り憑かれたような表情で
呆然、啞然、毅然として火口まわりを取り囲んでいる
身動き一つない　もう鳴きわめく者はいない
静寂　静じゃく　せいじゃく　せいしゃ　せい　せ・・・

大・粒・の・・雨が・・降り・出し・・た・が・・・・

いっこうにその場を立ち去ろうとしない海鳥たち
精力のすべてを使い果たし
うなだれた姿でじっと雨を耐えしのんでいる

執拗に雨は降りつづく
雨にうたれながら海鳥たちは
火口の縁淵《ふち》で立ちつくし　うずくまりして
めいめいにお互いの夜を明かす

夜が明ける
雨があがる
徐々に周囲の視野が回復してくる
うずくまっていた海鳥たちがいっせいに歓呼の声をあげた！

眼前に広がる
マグマ溜まりがあった火口には
満々と水がたたえられており
豊かな魚影が幾重にも幾重にも確認できた

昨夜、彼らが喘《あえ》ぎ喘ぎ登ってきた山の斜面には
一面、鬱蒼と草木が生い茂っている
花々が咲き、すでに果実をつけている樹々もある
それは疲れはてた彼らにとって願ってもないコロニーだ

無惨に焼けただれ　ボロボロだった
彼らの羽毛もふたたび艶《つや》々と回復し

ペンギン擬《もど》きの流線形をした黒い全身には
瑞々しい生気がみなぎっている

火炎龍の羽化を見とどけた海鳥たちは
きっと全身を焼け焦がしながら
産婆かあるいは司祭の役割りをはたしたのだ
その苦役の賜物として晴れて新たな住処《すみか》を得たのだ

春分の取材

1

青空に飛行機雲が幾筋も伸びていますね
それも東から西へ、ほぼ同様に

ええ、この街の上空域はK空港から離陸した
飛行機の西進ルートにあたっているのです

あぁ、それで!
一、二、三、四、五、六、七本もある

飛行機雲って
なかなか消滅しないのですね

一時間近く空にとどまっていることもざらですよ
本日は特に気流が安定しているのでしょう

ところで、あの雲
先頭に飛行機もなしにどんどん伸びて行ってませんか?

きっと、いましがた
亡くなった方がおられるのです

あれはその方の御霊《みたま》が
嬉々と天へ帰っていくところなのです

2

ひと冬活躍したラッセル車のゲートが施錠される
雪像の手袋と帽子が笹藪のなかから回収される
季節が駅の改札口で遅延した旅費を精算中

フィリピン沖で熱帯性低気圧が孵卵しはじめている
眠りから這い出した蟲たちの複眼が陽炎をキャッチする
転居・転宅にともなう貨物がコンテナ輸送、もしくは宅配される

人々は新聞コラムに三春《みはる》（梅・桜・桃）の捜索願いを出す
気象庁がレーダーやアメダス、人工衛星までを駆使して
桜前線の芽吹きと北上を特集報道する

新作スィーツの試食会が催される　女たちが活気づく
沖縄のキャンプ便りが報じられる　男たちが活気づく
新作アニメの上映予定が決まる　子供たちが活気づく

声優をあきらめた若者が新譜ＣＤを物色する
プロ試験に落ちた人が開幕戦を観戦する
筆を折った人が新人文学賞を批評する

有頂天の者　耐えしのんだ者の頭上に
大陸から黄砂のたそがれが早々に、均等におとずれる
早咲き、遅咲きの品種を鑑賞するチケットの配布開始

百貨店や生花市場がアレンジメントの特注をうけたまわり
食料品、医薬品、旅行会社やアパレルのＰＲポスターが氾濫
街がすこし饒舌になった

セーラー服から重ね巻きのマフラーが外れ
通勤・通学の自転車の隊列が我先にとスクランブル交叉する
昨日よりも多少は身軽になった

交差点では信号機が
赤、黄、緑、赤、黄、緑と汗をかきかき日夜精勤中
通常パターン、点滅パターン、催事パターンと忙しい

見あげれば見知らぬ国のジェット機が

西空から東空へ超音速で
季節の境界線をトレースしていく

その白い意思表示を見あげながら気づく
マッハというのは視覚と聴覚の大気を隔てた位相差だ
そんなアングルに碧空以外は進入禁止である

3

晴れた日には釣りがいい
堤防の上におもいおもいの時間を並べて
竿で日常からの距離を測ろう

じっと川底を見透かすほど見つめている
手という触覚の延長線上に浮子《うき》がある
それは水中にうごめく生命たちとつながろうとする

水面に見え隠れする彼岸と此岸
空中と水中の境界付近に
自分でもなく他人でもない心がよどんでいる

夕焼けが山脈に上体をかがめて卵を生みつけている
夕暮れが孵化しはじめている
5時を知らせる市役所のチャイムが鳴った

一週間分の獲物があがったら

残りすくなくなった休日を
クルクルと巻いて持ち帰ろう

私はふたたび
定位置へ
招集されていく

4

カモメたちが帰路につくころ
干潟は晩禱の鐘を聴きながら
逆光の円居《まどい》に横たわっている

満潮はまだ遠い
貝殻、昆布、岩礁、難破船、流木、水路、網場《あば》…
この不惑の風景に静謐はひとつの生命体を贈る

宝石のように輝映して点在する水溜まり
水音をはずませながら光の束がやってくる
馬だ！

夕暮れに解きはなたれた馬たちの群
家畜という足枷のおもさも感じさせずに
自由のかぎりいななき、いななく

ピシャピシャピシャ！　ピシャピシャ！

鋭いしぶきを蹴りあげる
無限の野生空間へむかって驀進する

彼らは本能で
海が孕む母性へのベクトルを
熟知している

何億年もくりかえされてきた
干満運動のなかでこの瞬間だけが
いつも停止するようにゆっくりだ

神がおのれの創造物を
目をほそめて

やさしく慈しむ情景がある

（大理石でできた神殿の
重い扉がギーッと軋みながら
観音に開く音がした…）

ここはいったいどこなのか？
干潟は黙っている
馬たちがいまいる場所がどこなのかも秘密だ

溌剌《はつらつ》とした彼らの歓声に
耳をそばだてながら
干潟はじっと見守る以外は眠っている

5

抉《えぐ》りだされた心臓からの滴り？
こぬか雨降る
赤く染まった街
天に捧げられた心臓はまだ鼓動を止めないから
延々と吐血しつづけている
雨が生贄《いけにえ》を悼んでトタン屋根に懺悔をくりかえしている

その生贄にデーモンの唇が降下し
這いずりまわる　蛞蝓《ナメクジ》のように
嬉々として頬ずり、舌なめずりしている

鉛色の身体を糜爛《びらん》・硬直させ
空中で下半身を痙攣させている子羊
運命を甘受しようとして、とっくに打ちひしがれている

トタン屋根をたたく反復音は
運命論者の子守唄
世捨て人のやり場のないつぶやき　雨
もう止んだか？
徹夜明けのようなけったるい空が
増水した堰堤《えんてい》であらたな水蒸気を吸収している

ゆく先々で饐《す》えたやり場のない悲しみが
不埒《ふらち》に私へ声をかけていく

私にはわかっている
べつに彼らも私にたいして期待しているわけではない
惰性だ　習慣だ　条件反射だ　なおざりだ
でも、たまには風の吹きまわしっていうのがあるだろう？

それだよ、それ
しかし、かれらに返す言葉がない
私だってなにものかに追われているのだ　徒労と焦燥
もう幾日もこの場でこうしているていたらく
私はいつくるともしれぬ
バスの時刻表を今日も二度、三度と確認する

6

モウドウデモイイイッショ！　オーシマイ！
と観測係の編成をとっぱらう

いっきに虚数の荒野へ
抛りだされる大脳漿《しょう》水

一ヶ所にあつまるのではなく
放埒《ほうらつ》な斥力がはたらいている

設置された観測器具もお手あげ状態
てんでばらばらに攪拌されているミトコンドリア群

音　静寂　色　無色　光　陰翳
それらをすべてやりすごす

睨みつつ、疎外されつつ筒ぬけていく
まだこだわりつづけている井筒の業平《なりひら》

ふぞろいなタップダンスの音
警棒と警笛　夜泣きする子どもの声　叱咤
むしょうにイライラしている
意味もなくとり乱している

しかし末梢に円周率を乗じたあたりまでいきつくと
いちずだった西高東低の気圧配置もうかなり希薄だ

もういいかい　まぁだだよ
もういいよ　こっちだよぉ

重心をなくして座りこむ場所が　ある
今宵も そこで徒労とともに眠る

（注）本作には、第一詩集『犬のまま』（一九八四年）収録作品を大幅に見直した詩行を含みます。

月　二題

1　月夜

臨月を迎えた月光があたりを煌々と照らす　白んだ夜
一隻の巨きな客船が時々汽笛を鳴らしながら
右から左へ遠景を横ぎってゆく

私はゆらゆらと海面に漂う一匹のクラゲ
ここはA海流とF潮流の吹きだまりのような
比較的ひろい澱みの海域

ときおり波濤が乾きかけた私の頭部を濡らすので
うとうとと居眠りしがちな私はハッと眼がさめる
天敵のカツオドリたちも夜はいない

遥か半島の岬から灯台のビーム光が
周期的にこの海域へもとどく
凪いだ海面は一メートルほどの上下運動を反復している

ふと、私はごく身近な位置でメラメラと一点に
エネルギーが集中するのを察知した　振り返ると
一頭の雄イルカが五メートルほどの水深にいた

呼吸を止めたイルカが弓なりになって水中で硬直している
あまりの反り返りのために背骨が折れ
全身の筋肉が壊れるのではないかと案じられるほど

イルカの肉体は、肉体に蓄積された発条力のため
すでに変色して青紫に染まっている
ブルブルと痙攣しはじめている

その姿勢のまま水面までゆっくりと浮上してくる
とばっちりをくう　嫌な予感がして私は
すべての触手を素早く収縮させ、その場から離れた

自身の浮力によってイルカが水面へ達した
それに合わせたようにやってきた一大波
その瞬間、イルカは勢いよく全身で海面を叩いた
大波がいっそうの高みへ彼を押し上げた

おそらくそれは計算されたもの
爆発したような水飛沫が周辺海域に激しく飛び散った

イルカは空中を大きくジャンプしたのだった
全身で海面を、鞭のように猛烈に叩きつけ
信じられないような高さへ到達した

美しい孤を描いてイルカの全身が背中から落ちてくる
飛沫が月光に照らされて
二重、三重に薄淡い虹を波頭と波頭の間へ架けた

フィニッシュ！　頭部から海面へ突っ込むイルカ
一抹の混乱状況がおさまると

水面にはふたたび照々《てらてら》と満月が横たわった

そうか。イルカは海面に映った月の孤を飛び越えたのだった
私は触手を振って彼の曲技に喝采をおくった
海面から顔をのぞかせてイルカも得意満面だ

どこから出てきたのだろう
海藻を浮き輪にした猟虎《ラッコ》たちも群がって
キャッキャ、キャッキャ…と盛んに歓声をあげていた

夜光虫たちも、珊瑚たちも、ホタルイカたちも
ミルキーウェイのように帯状にキラキラ輝映して
イルカの曲技に反応していた

しかし月はなにごともなかったかのように
無表情、不愛想な顔で海面に自身の姿を再び映してみせた
私はそんな月の様子に心底がっかりした

褒めてやっても良いではないか！
そりゃ、月とイルカでは存在意義が全く違うだろうよ
しかし、彼の企てを許容する度量さえ月にはないのか？

私は左右のいちばん長い触手で×を作り
月にむかって中空に掲げた　ハラワタが滾《にえたぎ》るにまかせ
月にむかって口から水を噴いて悪態をついた

その時だ　一隻のボートが高速で
私の背後に迫ってきており　脳天から
まっ二つにしようとしていることを私は気づかなかった

2　ルナツー

地球には月のほかにもう一つ衛星が存在している
ルナツー　そう呼ばれているその衛星は
極端に偏心した楕円軌道を有しており
三千年に一度、地球へ急接近してくる

みずから光を発することもなく
ステルス機のようにすべての視力をかいくぐる
岩石や氷粒などが融合して誕生したのではなく
一個一個が粒のまま独立集合した生成形態をもつ

一見すると非常に脆い印象を受けるが
集まる　繋がる　護る　育む　存在する　遊行する
という根源的な意識力の磁場が衛星全体を鋼のように統率し
一個の天体ならしめしている

急接近して密かに地球へ接岸するルナッツー
しかしどこに接岸するかは誰もわからない

人知れず接岸し、母星へ触手を伸ばし、そっと差し込んでくる
運命のように重い錨を一地点に下《くだ》す

凍てつく深夜、極北の大地
延々と伸びる送電線が異常加熱している
送電線に付着した雪が解け、電線から湯気が立ち上っている
際限なく電力が消費されている

ルナツーは充電中
粒と粒の間隙に膨大な電荷をためこみ
引力と斥力　寒さと暑さ　固形と液状　昼と夜など
衛星として必要なエネルギーを貪欲に蓄積している

送電線が併設された道路には
うごめく者たちの大行列ができている
道路が途切れた先に橋が架かっている
行列をなす人々がその橋を渡って我先にルナッツーへ乗り込む

異形の人々だ
角《つの》をもつ者　地を這う者　百足の者　光を放つ者・吸う者　宙に浮く者
子供らしき者の手をひく者、しかしそれは一個体だ
どこからこんな人々が集まってきたのだろう

接岸によって久しぶりに親族との再会をはたした者
接岸を知って未知の親族たちに会いに来た者
母星を観光してきた者　反対に

ルナツーを視察に訪れた者

旅立つ人々　見送る人々
サヨウナラ　ザイジェン　アデュー　アディオス
グッバイ　アウフビーダーゼーエン　チャルガヨ
様々な別れの言葉が飛び交っている

橋上からルナツーの様子が俯瞰的にうかがえる
透明な被膜におおわれた巨大な球体が複数垣間見える
その中に居住スペースがある
暗がりにじっと目をこらす
長椅子に座ってくつろぐ人々

モニターを見ながらなにやら大声で指示する人
よく見ると主橋のほかに幅の狭い副橋が架かっており
それを使って棺らしきものがあまた搬出されている

三千年の間で亡くなった仲間を
母星の大地に葬る
そんな儀式があるのだろう、きっと
なにしろルナッツーには大地というものが存在しないのだから

黒や紺、グレーなどモノクロの礼服らしき衣装を
頭からすっぽり被った異形の人々が一群をなし
搬出される棺を（ルナッツー側では）
神妙極まった面持ちで見送っている

透明で巨大な球体カプセルが魚の卵巣のようにつづいている星
緑色の電光表示盤がカウントダウンを続けている
おそらくあの数字がゼロになった時
次の航海に向けてルナツーは出立するのだ

諸々の出立の準備を整えて
乗船する人々　下船する人々　死者と生者とを入れ替えて
ルナツーはまた新たな航海へ出る　三千年の旅程だ
飛び交う別れの言葉がいちだんと甲高くなる

母なる惑星が産みだした二つの月
陽光を浴びて鏡面のように母星の夜半を照らす月

さらに母星と月を遠巻きにし　光を掠め取りながら
すねたり甘えたりする蛭子《ひるこ》のようなもう一つの月

電光掲示板の表示スピードがあがる
銅鑼が鳴った
ルナツー
まもなく出航だ

UMA

たそがれ時
一日の仕事を終えて帰宅する
「ただいま！」　ガチャッ！
だれもいない自宅の玄関扉を開ける

なっ、何だ？　いつもと違う雰囲気
手探りで玄関の電灯をつける
すると　ぉぉ　おお　おお！
玄関から居間にかけて床に溢れるほど見知らぬ生物がいる

蛇に似た頭　首　ずんぐりむっくりの胴　短い尻尾
五〇～七〇センチの体軀
急に明るくなって眩しそうに瞬きしている

下瞼が上へ動くのだ

以前、テレビの特番で見たことがある
探検隊が結成され、捜索されていた
多額の賞金がかかったヤツ
これはツチノコではないか？

もっとも玄関に近い場所にいた一匹が
僕にむかって「チーッ」と鳴いた
すると奥へつづくツチノコたちも
「チーッ」「チーッ」「チーッ」と連鎖反応的に鳴いた

「チーッ」の合唱だ

いっせいに「おかえりなさい」と僕に言ってくれているようだった
案外可愛い
「それじゃ」と靴を脱いで廊下へあがる

彼らは僕の足の面積分だけ身を寄せて床をあけてくれる
噛むなよ　噛むなよ　噛むなよ
そろそろと歩を進めて居間へ到達し
ソファーに腰かけた

じっと僕を見つめる複数のツチノコたち
片手を挙げると
その手の動きをじっと見やる
グー、チョキ、パー、グー、チョキ、パー

僕のグー、チョキ、パーにあわせて
前後、左右に鎌首を振って
ゆらゆらと反応している
こちらへ危害を加えてきそうな様子はない

ツチノコたちも
僕が何もしないとわかると
床にゴロンと寝そべって
両瞼をつぶってリラックスしはじめた

一、二、三、四、五、六…　　十、十五、二十、三十…
いったい何匹いるのか？

ウトウトしているヤツ　相棒の腹を枕にして寝ているヤツ
二匹で寄り添っているヤツ

そのうちグーッ、スーッ、ズーッ、プーッと
寝息をたてるものも出始めた
鼾《いびき》をかくのだ！
眠ると体色もメタリックな発光色から地味な保護色へ変わる

爬虫類のはずなのに全身に
特に首から背中にかけて
羊毛のようなものが生えている　ジュラ紀
恐竜にも体毛があったというから不思議ではないのかも知れないが…

まっ、いいか
どぉれ、夕飯の支度のために台所へ立つ
冷蔵庫からスルメを取り出してコンロで炙る
スルメの焼けるにおいが室内に充満する

口から涎《よだれ》を
タラーッと垂らしながら
トローンとした表情をする彼ら
腹がへっているのか？

アッチッチッ！　アッチッチッ！　アッチッ！
焼けたスルメを割いて投げ与えると
「チーッ、チーッ、チーッ…」と鳴き喚《わめ》きながら

いっせいにスルメに群がる

その様子を見ながら
コップ酒を飲んでいると
今度は僕の口元に注目する
「ん？　酒も飲むのか？」

ドンブリに日本酒をついで居間の中央に置く
ドンブリに頭をつっこんでつぎつぎに一口酒を含み
鶏のように首を垂直にして
ゴックンゴックンと嚥下する
その動作を繰り返す「ほぅ、美味そうに飲むなぁ」

じつにいい飲みっぷりだ
僕とツチノコの距離は一気に縮まった
もう飲友だ

お互いの首を巻きつけあってふざけているもの
腹を上にして床にゴロンゴロンと寝そべっているもの
チーッ、チーッ…とさえずり合うもの
酔態はまちまちだ

日本の代表的UMA《ユーマ》であるツチノコ
もし公表されれば大評判になるだろう
高値で売買するふとどきな輩《やから》も
きっといるはず

龍　鳳凰　迦陵頻伽《かりょうびんが》　河童　玄武　朱雀　獅子　天馬　蛟《みずち》
耆婆耆婆《ぎばぎば》　麒麟　百目　八咫烏《やたのからす》　天狗　鵺《ぬえ》　牛鬼　一角獣
それらだってＵＭＡだ
なぜＵＭＡが僕の家に大挙して押し寄せたのか？

この近傍にツチノコなどのＵＭＡを遺伝子培養し
孵化し、繁殖させているバイオ研究所でもあるのだろうか？
そこから脱走して来たのか？
そこの待遇・居心地が悪かったのか？

これほどたくさんのツチノコを繁殖させるなんて
いったい何の目的で？

きっと今頃、研究所はもぬけの殻
こりゃ大脱走だ！

＊

キンコーン！
玄関の呼鈴が鳴った　誰か来たぞ
ツチノコたちの表情が一変　緊張感がはしる
頭から角みたいな突起を出したヤツもいる

とっさに「彼らの危機だ
隠さなければ！」と直感
おそらくはバイオ研究所の所員たちが捜索

連れ戻しにきたのだろう

僕は台所の床下収納スペースの蓋を開けた
だがツチノコたちは
頭上の天井裏へあがる入口を
あごでツンツン・ツンツンとさかんに指す

イスに乗ってその天井入口を開けてやる　すると
ピョン　ピョーン　ピョン　ピョン　ピョーン　ピョーン……
まずテーブル上まで飛びあがり
そこからさらに天井をめざす

床からテーブルへは約〇・七メートル

テーブルから天井へは約一・七メートル
次々に、二段飛びの要領で
天井裏へ飛びあがっていく

ツチノコが飛ぶというのは本当だったのだ
全身をゴム毬のように変形収縮し
次に胸部と腹部を篦《へら》のように平たくし　パンッ・パンッと
板面をたたいて一気に飛ぶ

キンコーン！　キンコーン！
また呼鈴が鳴った
最後の一匹が天井裏へ逃げ込んだことを確かめて
僕は天井裏への入口を元どおりに閉めた

キンコーン！　キンコーン！
どなたですか？
あえて寝惚けたような声で応答する
「夜分に申し訳ない。人捜しをしていまして、ちょっとよろしいでしょうか？」

玄関を開けると黒いスーツ、帽子、サングラス、革靴の
四人組の男たちが
ドアをこじ開けるようにして
乱暴に入り込んできた

不躾に上がりこみ、室内をドサドサと物色する
いちおう靴は玄関に脱いでいる

「いったいあなた方は何者ですか？」と言うが
それには答えない

「いません！」
「うむぅ。失敬した！」
そう言い残して男たちは慌しく立ち去っていった
あいつらいったい何なんだ、戦前の特高警察か？

「もう大丈夫だ。出てきていいぞ！」
天井裏を覗くとツチノコたちの姿はすでになかった
スマホの照明で奥まで照らす
しかし、シーンと静まり返った天井裏

「どこへ行ったのだろう？」
「もう帰ってこないのかな？」
一抹の寂しさ
夢見後のような浮遊感…

イスからおりると居間の床に
スルメの残骸と
彼らが日本酒を飲み干したドンブリが転がっていた
そう。たしかにツチノコたちはいたのだ

（注）UMAは「謎の未確認動物（Unidentified Mysterious Animal）」という和製英語の略

此岸にて

眼前に広がる海原のような水域　対岸は見えない
これが河だという
吹き渡る風もなく凪ぎかえっている　鉛色の空の下
たぶん水は左手から右手へ流れていると思われるが
超低速、漂流物もないため認知できない

足元には角のとれた拳《こぶし》大の石が厚く堆積していて歩きづらい
角のとれた石　まるで水平線のようなフラットな川面
これらから察するに当地点は
山間からある程度離れ、むしろ河口に近い方か
しかし、あとどれほどで海へ到達するかなどはまったく不明

ふと気づけば

私が立っている此岸もじつに奇妙だ
一面、小石におおわれた広大な河原がひろがっており
いったいどうしてここへきたものか？
ここへ至る道らしき道が見当たらない

終日、河岸にたたずんでいると
一日に数回、笹舟のようにささやかな渡舟が
此岸から彼岸へむかって漕ぎだしていく
すぐ近くに舟着き場があるのだ
頬かむりして菅笠を被った舟頭がゆっくりと櫓を操る

乗客はたいてい一人
乗客も虚無僧のような深い編笠を被って座っているので

顔や表情が見えない
こちらから彼岸へむかう乗客はあるが
彼岸からやってくる乗客はめったにいない

＊

ゴロゴロ、コロコロ、ゴロゴロ、コロコロ…
かんたんに崩れる　不安定な足元　歩きにくい
石に足をとられながら歩いていると
エーン、エーン、エーン…と子供が泣く声がする
その泣き声の方へ近づいていく
小さな浅い窪みになったところにうずくまり

両手で顔をおおって泣いている一人の子供がいた
桃色の花柄セーターに赤いソックス、可愛い靴
幼い女の子だ
「お嬢ちゃん、なぜ泣いているのです？」

「お母様の姿が見えなくなって
寂しくて寂しくて、不安で泣いているのです」
「お母様がいなくなってもうどれくらい経つの？」
「もう何回夜がきて朝がきたか。幾日もここにいます
気づいたらここにいました。なぜこんな所へきてしまったのか…

お母様！　お母様！　私はここにいます
はやく、はやくお迎えに来てください

私はもう疲れ果てました
もう声も涸れて出ません　ここはいや！
どうしてここにきたのかわかりません」

「あぁ、可哀想な子よ
あなたはもう二度とお母様には会えないのです
あなたはお母様から　いらない　と言われてしまった子供
だから、とてもつらいことだけれど
もう二度とお母様には会えないのです」

「嘘です。そんなことはない！
私のお母様は本当に心根のやさしい方
そんなひどいことをなさるはずがない！」

両手で膝を抱えた体勢のまま
はじめて彼女は私をきっと見あげた

女の子の顔面は涙と洟《はな》で濡れそぼっていた
さらに訴えかけるようにつづけた
「私がお母様のお腹のなかにいた時、
お母様は、なんどもなんどもお腹のうえから
いい子　いい子　と私の頭を撫でてくださったのです

そんなやさしい方が
自分の中の寝床で
すやすやと眠っているわが子を
うち捨てたりする

はずがないじゃありませんか！」

「お嬢ちゃん。わが子を好んで捨てる母親など
どこにもいやしないよ
でも、あなたの母親はあなたを宿しはしても
あなたを生み育てられる人ではなかったのです」
「えっ？　それは　それはどういうことなのですか？」

「若すぎた　なにも知らなかった　心細かった
母性《ほんのう》と利己性《ほんのう》のたたかい　周囲の好奇なまなざし
孤独で不安で、心が折れそうだった
理由はいろいろ　それが
あなたが直面した今世での現実です」

「そう、なのですか
本当にそうなのですか　そんなのいやだ！
でも仕方ないの？
では、では、教えてください
これから私はどうすればいいでしょう？」

「私と一緒に来なさい
あなたのなかで母親や今生への未練が枯れはてて
来世を待望する心が潮満ちる時まで
私がつき添っていてあげよう
そして、彼岸へ渡るあの舟に乗せてあげよう。約束だ！」

＊

足元に咲いていた名も知らぬ
青い小さな愛らしい花を一輪摘みその子へさしだすと
その子はそれを無言で受けとり、じっと見つめた
私はまだ涙で濡れているその子の手をとり
賽の河原を一緒に歩きだした

小石が堆積した河岸は歩きづらい
私たちは足元を確かめながら一歩一歩あるいた
しかし、体重がない彼女は小石によろめくことはなかった
片足を乗せる小石の面積が前方にありさえすれば良かった
その連続　そうして私たちは徐々に進んだ

歩きながら女の子はうとうととしはじめた
わずか四ヶ月だった彼女の胎生の今世
やっと性別が判明したていど　名前もまだない
そんな短かった今世に
この幼子はどんな未練を残しているのだろうか？

母性への愛着　生まれ出るのぞみ
抱きしめられたいというつよい渇望感
祝福されたい気持ち　前世で果たせなかった宿願
夢見たであろう　自分を取りかこみ微笑みあう家族の絆
水泡のように消えてしまったそれら…

女の子の足が止まった
立ちながら俯《うつむ》いて眠り込んでしまっている
何日もひとりぼっちで
不安に駆られつつ河原で泣き濡れていたのだ
もうこれ以上歩くのは無理のようだった

私は女の子を抱き上げた　綿毛のように軽かった
片手に握りしめつづけている青い花
今、彼女が信じられるもの
他者からの好意を感じられるものは
おそらくこれぐらいしかないのだ

もっと早く抱きかかえてやることはできた

しかし、それでは今世に対するこの子の未練が
容易に終息しない
泣いて、歩いて、疲れて、眠って、忘却する必要があった
手からポトリ　青い花が落ちた

私はふたたびゆっくりと歩きだした
すっかり眠ってしまった女の子は
私の腕のなかで少しずつ透きとおりはじめた
彼岸から手漕ぎ舟が一隻　三途河を
滑るようにゆっくりこちらへやってくるのが見えた

悲歌<ruby>エレジー</ruby>

ひたひたと満ち寄せる夕潮のように
生物生来の本能を起点とし、ドッと押し寄せて
ぴったりと寄り添おうとするもの

失意や孤独や、わびしさやむなしさ
それら永遠の悲しみの淵にむかって感応するいのちの波輪
十重《とえ》、二十重《はたえ》、三十重《みそえ》…と重なり合う

波と波は寄り添ったままもうけっして離れない
寄り添ったまま一体化して
終日涙している悲しみをやさしく慰撫する
悲しみの奈落までおりていき、そこで

そっと悲しみの根っこにあたたかい息を吹きかけ
穏やかに転生させようとする

吹きかけられた息は
悲しみが持っているＤＮＡに確実に作働し
荒れはてていた記憶の地層を耕し、蘇生させる

○

いにしえに故郷を追われた喪失感、深淵な喪失感
大気が震え、地面が裂け、海原は天をおおった
必死でつかんでいたワラスボも手放してしまった

あっという間の百年だった
さらにそこに追い討ちをかけるような無慈悲な惨劇が
この地上をふたたび襲ったのだ

いまも聞こえる　助けを求める声
泣き叫ぶ声　呻き声　喚き声　阿鼻叫喚　無数の断末魔…
耳を塞いでも聞こえてくる

大きな声はいらない
寄り添って耳元でささやいてあげることが一番
いま少しの忍耐をもって待ってやることが一番

そうしているうちに必ずや

悲しみをとりかこんでいた先の見えない濃霧も
ゆっくりとだが晴れていくはず

毎日、花を交換にくるロボット
ロボットだけど心がある　彼が未来へ背中を押す
「ワタシではなくアナタですよ」と

視界を半分回復して
蟄居していた小穴から外界をうかがう
節足類たち、爬虫類たち、両生類たち、哺乳類たち

悲しみがやっと少し微笑む
それは、うちひしがれていた身体に

ふたたび生きる気力が満ちはじめた証しだ
一条の陽光がさす
再生するエネルギーがひたひたと
波動となって悲しみの胸中に満ち溢れてくる

○

あるひとつの主題が丁寧に、しごく丁寧に
くりかえしくりかえし世界に提示されて
悲しみにくれる　臥《が》す心情をやさしく荼毘にふす
さらにその主題をもとに即興で

自由に、無限に、縛られることなく歌が展開されはじめて
悲しむ心を二重、三重に抱擁する

歌の音符にふれて大気の層がちょっと揺らぐ
悲しみの地軸が多少きしむ
惑星の赤道面がすこし傾く

大気の循環にシンクロナイズするかたちで
悲しみの肺胞が収縮膨張する
沖を航行する船舶の霧笛があえかに谺す

ここは砂丘に設けられた展望台
あたりには季節の花々が咲きみだれている

その花頭《はながしら》が微風に揺れて誰かに懐かしく挨拶している

花びらが陽光を受けて、照り輝いている
悲しみと正反対のものが日々花々を育むのだ
あぁ、そんなことにやっと気づく

今日も花々は大地を讃え、鳥たちは季節を謳歌
太陽は脳髄の乳酸を活性化させ
月の干満は生物たちの眠りを潤す

○

辺りへしずかに時が満ちていく

かなたにともっていた燭台の炎が
次第に光源の数をましていく　松明《たいまつ》が増殖する

赤、青、黄、緑、金、銀、コバルト色、薔薇色、鈍色、虹色
単色、双色、三色、五色、十色、百色、千色、万色
無数に、無辺に、無限大にひろがっていく

光はともしび　光はのぞみ
悲歌を律して焔はともりつづける　とこしえに　とこしえに
光は慰め　光は希望　そして光はいのち

荒野を出発した魂は
七昼夜もの間、ただ一種の色彩に包まれ

次の七昼夜はまた別の色一種に包まれてすごす

あわせて七週間、その禊《みそぎ》を受けつづけて
しだいに脱色する　捨象する　発光する
色身《しきしん》を超えた普遍的存在へと変わる

なんら灯明もなく
ながらく荒野にポツンと立ちつくしていた一個の涙腺
はたして生きているのか死んでいるのか

かがみこみ、両手でかこいこむ光源が
涙腺の胸中へそっと静かに忍びこみ
涙腺を内部から叱咤激励する

○

かつての喪失感と
こんどの喪失感は異種なのか、同種なのか
その答えはきっと自分自身のなかにある

不安げな顔をした悲しみが
少しだけ自覚的になって心の扉をひらき
周囲の心音にじっと耳をかたむけている

それは風の波動がおしよせ
うちよせる響き　花々が

微風のゾワゾワ、サワサワ、ザワザワとそよぎたてる琴音に反応する

さらにそのきらめく琴音に
光の微粒子たちの
諸手をあげた歓声がつきぬける

際限なく奏でられる作者不明の変奏曲にのって
悲しみの風紋が希釈されていく
その風からのはなむけに悲しみが癒されていく

ここが終着点なのか？
それとも、ここは出発点なのか
スタートの合図とゴールの労《ねぎら》いが褶曲地層をなしている

毎夜、眠れない悪夢にうなされつづけてきた
毎朝、起きられない金縛りに
冷汗と深呼吸をくりかえしてきた

飛天たちが唱える新楽章の声明《しょうみょう》がきこえる
ずっと独りぼっちだった悲しみは
ようやくひとつの険しい危機の季節を克服する

長く尾をひいた悲しみの旅程がやっと終わり
終点を起点とするあらたな羇旅譚《きりょたん》が
涙とともにふたたび、ふたたび、ここからはじまっていく

あとがき

五年ぶりに新詩集を編んだ。この五年間は、なぜか長詩を書くことに力を注いでいた気がする。生来、私の頭には幾つかの情景や物語がすりこまれていて、それらは、これまでも作品の一部に援用してきた。しかし、ここに来て、その情景や物語が「もっとしっかりと描いて欲しい」と言い寄ってきている気がしたのだ。その声に応えようとすると、必然的に長い詩になった。その結果が、今詩集に収録した八篇である。各篇に連続性はなく、一篇一篇を独立した作品として読んでもらえたらと思っている。八篇はすべて詩誌「青い花　第四次」九二〜九九号に発表後に、加筆・修正をおこなったものである。

お気づきと思うが、各篇は三行や四行、五行、六行といったように各連の行数がそろっている。一見窮屈そうに思われるこの定形性が、足枷ではなく逆に詩的エンジンとして作働し、私の思考や発語などを促進してくれた。今回の長詩の持久力はここに起因している。もし「本当か？」と思われる方がおられたら、一度試してみられることをお奨めする。

今回の出版を地元福岡の書肆侃侃房にお願いした。田島安江さん（詩人）を代表とする当社は詩をはじめ短歌、小説、エッセイ、翻訳など多岐にわたって福岡の地から全国へ、さらには世界へ〈文芸のすばらしさ〉を発信しつづけている。こんな地元出版社から新詩集を出すことができて大変嬉しく思っている。

古賀博文

二〇二三年晩夏

著者略歴

古賀博文（こが・ひろふみ）

一九五七年　佐賀県生まれ
日本現代詩人会会員、日本詩人クラブ会員（「詩界論叢」編集参与）
福岡県詩人会会員（幹事）、熊本県詩人会会員

雑誌「詩と思想」（編集参与）
詩誌「青い花　第四次」同人（編集同人）、文芸誌「海峡派」同人

著書
詩集『ポセイドンの夜』（一九九四年）
詩集『人魚のくる町』（二〇〇二年）
詩集『王墓の春』（二〇一〇年）
詩集『たまゆら』（二〇一八年）他
詩論集『新しい詩の時代の到来　反撃の詩論Ⅰ』（一九九九年）
詩論集『戦後詩界二重構造論　反撃の詩論Ⅱ』（二〇二一年）

現住所　〒八一八―〇一〇三
福岡県太宰府市朱雀二丁目一八―六―二〇一

詩集　封じられた記憶

二〇二三年十一月一日　第一刷発行

著　者　古賀博文
発行者　田島安江（水の家ブックス）
発行所　株式会社　書肆侃侃房（しょしかんかんぼう）
〒八一〇－〇〇四一
福岡市中央区大名二－八－十八－五〇一
TEL：〇九二－七三五－二八〇二
FAX：〇九二－七三五－二七九二
http://www.kankanbou.com info@kankanbou.com

装　幀　acer
DTP　BEING
印刷・製本　モリモト印刷株式会社

ISBN978-4-86385-597-7 C0092